KB017915

글나무 시선 06

쉼표

글나무 시선 06

쉼표

저 자 | 정여울
발행자 | 오혜정
펴낸곳 | 글나무
주 소 | 서울시 은평구 진관2로 12, 912호(메이플카운티2차)
전 화 | 02)2272-6006
등 록 | 1988년 9월 9일(제301-1988-095)

2023년 9월 11일 초판 인쇄 · 발행

ISBN 979-11-87716-85-3 03810

값 10,000원

쉼표

정여울 시집

| 시인의 말

그럼에도 불구하고

내가 나를
안아주며 하는 말

괜찮아
다 잘 될 거야

난
지금의 내가
참 좋다

2023년 9월
정 여 울

차
례

2부 깨달았다, 나는

차
례

4부 그리움은 하얗다

차
례

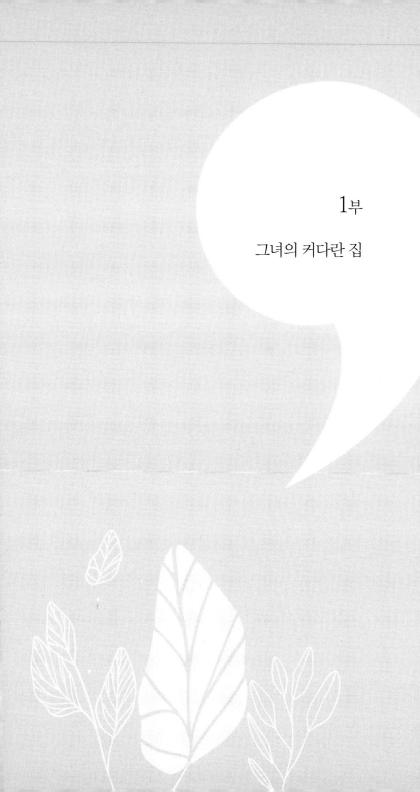

1부

그녀의 커다란 집

간판

한 발 치켜들고
엉거주춤 매달린
간판 하나

올라야 한다
저편 하늘까지

세찬 눈비바람
턱턱 숨막혀도
두 발에 더욱 힘주어
오르다
오르다보니
또 다른
하늘

아
내 자리가
하늘이었구나.

장미에 가시가 없다

보호막인 줄 알았다

장미꽃 줄기에 난 가시
햇빛을 향해 날을 세웠다
자신의 얼굴을 지키기 위해
나를 세우기 위해
온몸 곧추세운 경계의 눈빛
멈출 수가 없다
지난밤 가시는
또 다른 가시를 만들어
내 허벅지 살을 수없이 찌르곤 했다

오만과 독선으로 꽁꽁 묶인 몸뚱이
온몸 퍼져 나오는 독이 내 목을 조이면
한밤 쌈싸우며 뒹굴다
누렇게 노랗게 메말라버린 내 살 속
별꽃이 된다
나는 별꽃을 꼬옥 쥐고 새벽을 기다린다

신기해라
장미 가시가 뽑혀져 나간 그 자리

노랑나비 한 마리
먼 하늘을 치솟아 오른다.

거짓말

후 후
강물 속 잉크 한 방울
살금살금 잔물결에 실려 다가가
내 귀엣말이 속삭인다
은밀한 입맞춤에 심장을 내어 준 나는
달콤하기도
새콤하기도
저 붉은 입맞춤에 빼앗긴 내 마음
더는 돌아설 수 없는 길에 섰다
이쪽 저쪽
아무리 둘러보아도
길이 열려 있지만 길이 없는
교차로
돌아갈 길이 보이지 않는
눈부신 네 마음.

담쟁이덩굴벽

낡고 추한 얼굴
위장술로 눈을 가리지 말라

뜨겁게 내리쬐는 햇볕
사납게 훑어대는 바람 앞에
얼룩진 그림자 속
허물투성이의 민낯이 흔들린다

수려한 입과 싱그런 옷으로
포장하지 말라

있는 그대로 보여라
진실은 반드시 드러나는 것

어둠은 빛을 이길 수 없다.

비밀

귓속에 지어진 그녀의 커다란 집

살며시 문 열고 들어와
다소곳이 앙다문 입술
온몸에 몇겹의 옷을 두르고
또아리를 틀고 있다
가끔씩 낼름거리며 번뜩이는 붉은 혓바닥
누가 건드릴까 이리저리 굴리는
팽팽한 눈동자

후려치는 바람에
밀려 밀려
태양 속으로 숨어든 그녀
신열로 끙끙
열꽃으로 부풀어 오른 몸뚱이
서서히 한 겹 한 겹 옷을 벗어 태운다

마침내
알몸 된 그녀

동네로 뛰쳐나가 내지르는

임금님 귀는 당나귀 귀.

소금

선을 넘지 마라

과하거나 부족함 없이
담담함을 지니는

지나친 건
미치지 못함과 같다

어제도 오늘도 내일도
그 마음 그대로

평상심을 가져라.

빈말

언제 식사 한번 하시죠

아직
쉼표일까
마침표일까

보이지 않는 유리창

헛입일까 헛말일까

허공에 던져진
마른 풀잎

날개 달고
바람결에 흩어진다.

길

강 건너 끝이 없는 길

강가에 던져져 하늘을 떠받고 누워 있다
나를 밟고 지나가는 수많은 그림자들
그 그림자들 너머 억새풀이 되어 자라가는
너는 끝없이 가는데
진녹색의 풀숲에 비도 아니 오고 바람도 아니 온다
이따금 울어대는 산새 소리에 이끌려
흥얼대는 콧노래 따라가면
틈새마다 작은 풀꽃을 피우기도 하고
새의 울음이 가지마다 동그랗게 매달려 있다
해는 뉘엿거리고 수액은 말라가는데
풀잎으로 선 너는
날이 저물기 전 이름 없는
바람의 억센 손아귀에 붙들려
알 수 없는 곳으로 빨려 들어간다.

일탈을 꿈꾸며

한밤 내내 울며불며
차디찬 거리를 서성이는 낙엽

어스름 달빛 밟아
하늘을 오르며
굳은 마음껍질 벗기란
파열음으로 온몸 찢긴다

하루살이 벌레보다
짧은 내 삶의 거듭나기
이 한 계절의 내 숙제인 것을

미움, 이기심 모두 내려놓고
낮은 자리
더 낮은 자리 찾아 나선다.

절박한 분노

이럴 수가!

뒤통수 빡치게 맞았다
아찔하다
터질 듯한 심장
화끈거리는 얼굴

바르르 떨리는 실눈
휘청이는 아슴한 불빛
잡아야 산다

머리 들고
큰 숨 내쉬며
움켜쥔 하늘

분노는 에너지
더 단단해져야
비 온 뒤의 땅이 더 굳다

힘껏 페달을 밟는다.

무지개는 없다

어디로 갔을까

빛줄기 찾아가는 호랑나비
해종일 용광로 속

잠시
손을 뻗치는
찰나

휙
블랙홀 속으로

잡을 수도 잡히지도 않는
헛꿈

세상 끝으로 달아나고 있다.

횡단 보도 앞에 서서

저건 장애물이다

흔들리지 말고
멈추지 말고
거침없이
뛰어넘어야 할 강물

온몸 옥죄고 있는
철벽의 바리케이트
늘 밑줄긋기만으로
덧칠해 놓은 굳은살
켜켜이 밀고 밀어
둘둘 말아
바람 속으로
휘익

돌아보니
자유롭지 못한
바코드에 갇혀

제자리에서만
동동

옷소매 걷어붙이고
심호흡 크게 내뿜는
뜨거운 하늘길.

되새김질하다

뒤돌아본 길모퉁이

눈에 입에
얼룩진 발자국

그냥 못 본 체할 걸
그냥 모른 척할 걸
그냥 아무 말 않을 걸

나뭇가지로
실뿌리로
한층 더 깊어져
그 자리에 푸르게 선 묶음

마른 대궁 깨우는 햇살
온몸을 돌아
실길을 내고 있다.

후회

한밤중

한걸음 뒤에서

뭉텅뭉텅

살점 베어 물곤

헝클어진 머리 풀어 헤치고

등짝을 후려치는

검푸른 밀물.

혼잣말

불 꺼진 방
구석에 앉아
내 안의 소리를 모은다

쏟아지는 빗소리
창문 흔드는 바람
재깍재깍 시계
위층의 발자국

입 안을 뒹구는 외침
스스로 발아하는
소리의 씨앗들

막힌 숨 토해내는
비명의 파편들
허공으로 흩어진다.

외모 평준화

어찌 저리도 고울까

윤기나는 머릿결
빛나는 눈동자
세모 네모 마름모
제각각 눈에 띄는 옷맵시

쌓여진 시간 속에
늘어지고 거칠어져
빛을 잃은 몸뚱이들

나는 네가 되고
너는 내가 되는
등 굽은 거북목

우리라는 우리 속으로
둥글게 둥글게 구르며 간다.

잘 익은 시

배추 한 통 겉껍질을 뜯어내고
먹기 좋은 크기로 잘라 소금에 절인다

믹서기에 마늘 생강 양파 넣고
빨간 고추도 몇 개
찬밥덩이 젓갈 매실청까지 갈아둔다

절여져 씻어 물기 뺀 배추
부추 쪽파 썰고 당근도 조금
믹서기의 양념을 부어 섞다가
고춧가루 몇 수저 넣고 함께 버무린다

한 잎 입에 쏘옥
갸웃거리다 설탕을 조금
톡 톡

온가족 둘러앉은 식탁 위
하얀 접시 안에서 바알갛게 웃고 있는

잘 익은 시 한 그릇

으음,
바로 이 맛이야.

2부

깨달았다, 나는

쉼표

잠깐
하늘을 봐

조금은 느긋한 호흡으로

안으로 깊이 들이쉬고
밖으로 천천히 내쉬고

스치는 바람이 속삭이는 말
이 또한 지나가리라

느린 호흡은 쉼이야
선물인 거야.

틈새

닫아 놓은 창문
틈으로 들어온 햇살

낯선 얼굴
먼저 말을 건네는
눈웃음

찻잔 들고 마주 본다

틈새란
서로 마음을 열어 놓는 것

둥글게 둥글게
퍼지는 꽃그늘

어우러져 날아오르는
날갯짓.

우주문을 열다

으앙으앙
하늘 땅 가르는
첫울음

초로롱 초로롱
별을 가득 담은 머루눈

벙긋벙긋
나비등 타고 온 천사꽃

까르르 까르르
열어젖히는

동그란 우주문.

간간하다

소금 한 스푼 팔팔 끓는 국에 넣는다
녹아들어 당기는 입맛

조금은
짜지도 싱겁지도
너무
멀지도 가깝지도
뜨겁지도 차갑지도
그렇게
서로서로
다치지 않게

그래
이 맛이야
살며시 미소 지을 수 있게

따로 또 같이
간간한 사이를 지킬 줄 알아야

둥글게 둥글게
살찐 세상으로 들어갈 수 있게.

다음 역은 왕십리 환승역입니다

환승역엔 언제나 불이 켜져 있다

흔들림없이 가고 또 가야 하는
눈부신 그곳

순간순간
내 몸속 숨어 있는
불씨 꺼내어 어둠 밝혀 길 떠나야
너를 만날 수 있다

땅속 깊이 더 깊이 내려가
지하의 땅굴 속으로 발걸음 내딛는다

쉼 없는 풀무질로
어둠의 바닥을 짚고 일어서야 하는
전동차의 레일

만날 수 없는 평행의 길을 알지만
마냥 달려야 하는 길을

새벽 열차는 달리는 것을

그래
희망도 때론 훈련인 것을 이제
깨달았다, 나는.

순간을 쌓다

마루 끝
잠시 들어온 봄햇살

커피잔 들고 책장을 펼치자
후레지아꽃향
목덜미 감아 돌아
미소가 절로

그래
이렇게 순간순간을 쌓으며
꽃울타리 만들어가는 거야

행복은 순간이다

햇살 속
티끌마저
온몸 흔들어대며 반짝인다.

손

꽉
움켜쥔 주먹

손아귀 속
흙
물
불

바람 속으로
날려 보내고 펼쳐본
손바닥
미소 짓고 있는
돌부처

비워야 채워지는
삶이란
벌거숭이로 돌아가는 것

내 손 안으로
우주가 들어선다.

감자에 싹이 나다

검은 비닐봉지에 넣어둔 감자

어둠 속
불씨 한 점 움켜쥐고
참아내는 것을 봐

안으로 안으로
실뿌리 내려
긴 밤 견딜 때마다
솟아오르는 푸른 힘

그래
툭툭 생살을 뚫고 나오는
너를 위해
온몸에 실핏줄을 열어
길을 터주어야 하는 것

파랗게 나를
수놓을 때까지.

절정

물길 따라 오르는 단풍나무

숱한 연단
통과한
붉은 가슴

사력을 다해
둥근 해
끌어안는다

빨갛게 피어나는
하늘길

별 하나
캐어내고 있다.

가을을 연주하다

가을엔 누구나 악기가 된다

툭
알밤 떨어지는 소리
상수리나무에 앉은 도토리
놀라 떨어져
데구르르
솔바람
긴 터널 뚫고 나와
영근 세상 꿈꾼다

가을숲은 악기가 되어
넉넉한 여유로움으로
숨찬 호흡을 만지작거리며
물컹해진 소리들을 고르고 있다

오선지 길을 따라
나지막한 화음으로
우주를 조율하고 있는
갈참나무.

세월

차창 밖
빠르게 지나는 풍경

잡힐 듯 잡힐 듯
손끝에 기억

하르르 태워
하얗게 날려 보낸
바람의 숨결

그 누구도
잡을 수 없는
허상.

절벽

나뭇가지 끝에 간당간당

떨고 있는 새 한 마리
비바람에 맞서
한쪽 발로 간신히
떨어질 듯 떨어질 듯

버틴다는 건
반드시 날고야 말겠다는
또 다른 비명

낭떠러지임을 알 때는
이미 절벽이 아닌 것

당당히 가슴 펴는
날갯짓

올려다보는 하늘빛
푸르다.

밥숟가락

한 입 가득 들어올린다

숟가락 속
한 점 섬

두렵고 무거운
너
두 손으로 공손히

새벽이 오도록
숨어 있는 별
찾아 헤맨다

머리 위로
벙그는 꽃잎

하얀 꿈 소복하다.

철쭉의 뿌리

내 살을 물고 놓지 않는다

끌어올린 태양
통째로 짊어지고
거친 호흡으로 일어서는
저 뿌리

끝없이 꿈틀거리며
산자락 타고
뜨거운 입김으로
점점 부풀어오른다

밝음의 한가운데 선 불꽃
막을 수 없는
깊은 열정은 고통을 넘어선다

누구도 대신할 수 없는
남몰래 키워 온
이 붉은 힘

수많은 별을 향해
속붉은 활시위 직선을 그으며 날아간다.

돌담을 돌아보며

저 힘은 어디서 온 걸까

거친 물살에도
용케도 무너지지 않는
저 견고한
어깨동무

눈밭에 시린 맨발
날카로운 바람에 찢긴 생살
덜그럭거리는 등뼈
그래
허물어지지 않으려
두 팔을 뻗어본다

스스로 키를 낮추어
낮게
더 낮게
한 층 한 층
훈훈한 입김

투박한 손길로 쌓고 또 쌓는다

보듬고 돌고 돌다보면
약한 것이 더욱 강해지는 것

부드러운 저 허리
큰 물결소리로 내달리는 돌담길.

고양이, 포물선을 긋다

바닥이다

지붕 위 고양이 한 마리
이리저리 뒹굴다가
밑바닥으로 내동댕이쳐져
주춤

원점이다
잠시
숨 고르더니
뛰어 치솟아 오른다
저 굵게 그어지는 포물선

아
바닥은 새로운 출발점
또 다른 희망을 품고 있지 않는가

그래
바닥엔 새 길이 있다

오늘은 어제를 밀어내고 내일로 올라갈 길만 있다는
뒤돌아보지 않고 뛰어오를 수 있는
포물선이 살아 있다.

가족교향곡

해와 달과 별들이 노래하는 뜰

연못 속 수련
어깨를 두드리며
물장구치는
고흐의 해바라기 피는 마을

둘러앉은 식탁 위
오순도순 도란도란
흐드러진 꽃가루로 색칠하는
한 폭의 수채화

팽팽한 팔찌 목걸이 풀고
색색등불
몸과 몸 내어주어
천지간 벙글어지는 라일락꽃길

둥그렇게 환한 뜰 안
손과 손이 은빛 건반 위로
화음을 이루는 작은 우주.

코로나 19

벚꽃축제 거리
출입 통제로 가까이
갈 수가 없다

마스크를 하고
사회적 거리를 두는
한 번도 가보지 못한 길

흩날리며 떨어지는
꽃잎에게 건네는 귀엣말

일상이 기적이었어

어느 것 하나
감사하지 않은 것이 없다.

3부

늙은 소녀

귀로

빈손으로 돌아가는
저 낙엽을 봐

비바람 속
두 손 옹골차게 쥐고
가슴 조이며 내가 붙든 곁가지
무거운 짐이었구나

이젠 내려놓아야지
그래
가볍게 날아올라야 할
나래
한 점 구름으로 서기 위해
툭
나를 놓아버렸다

우주 속으로 날아오르는
낙엽 하나

별꽃이 된다.

수박

아무도 모른다

싱그런 푸르름과 진한 줄무늬
놓칠까 봐
냉큼

반으로 쪼개보니
믿은 도끼에 찍힌 발등

꼼꼼히 들여다보지 못한
아리고 쓰린
상처는 디딤돌

나를 키운 눈이
넓고 깊어진다.

소나기

비명을 지르다
울분을 토하다
불덩이로 타오르다

끝내
쇠사슬을 풀어준다

내 죄의 고백

저 다리 건너
건너
무지개 사다리로 서기까지

내 울음
멈출 길이 없다.

노인 요양원

앙상한 가지로 버티고 선 겨울나무

무성했던 여름 접지 못해
넘어가는 햇살
갈퀴손으로 그러모아 보지만
흘러내리는 빛줄기

다시 돌아올 봄빛
천만년 흐를 것을 알기에
노을 속으로 사라져가며
온몸 열어준다

흐르면 흐르는 대로
길을 만들며
가고 오는 게 삶이 아니던가

먼 하늘 끝
새로운 꽃물이 번지고 있다.

거울 앞에서

네 앞에 서면
눈부신 봄날의 첫울음이다

거울 속으로 날아드는 노랑나비 한 마리
퍼덕이는 두 나래로 은밀히 날아드는, 여기

내 영혼 붉은 네 속살에 빼앗겨
올라야 할 저 벼랑
오를수록 가벼워지는 내 몸

거짓의 탈을 벗고
절망의 짐을 내려 놓는
내 마음의 쉼터

느슨해진 마음 다잡고 싶은 날
흐릿한 불빛 따라
하늘 높이 치솟아 오른다.

땡볕에 서다

얼마나 태워야 날 수 있을까

불볕 쏟아지는 열기에 목마른 해바라기
한줄기 소나기 기다려보지만
무거운 몸뚱이 녹아내릴 듯
관자놀이 불끈거리는 굵은 힘줄
안에서 끓어 넘치는 불길
한 겹 벗겨진 머리통
사이사이 보이는 검은 흉터 가리기 위해
빛나는 뿔을 달아보기도 한다
온몸에 박힌 태양의 가시들
문지르고 비틀어 빼낼 때마다
한 뼘씩 커져가는 나를 들여다본다

어둠이 다 하면 밝음이 오듯
폭염 견딘 열매가 더 향기롭다

펄펄 끓어오르는 눈부신 날
양어깨에 돋은 날개

가볍게 너무나 가볍게
하늘 향해 날아오른다.

반창고

건들지마
가만가만 내버려 둬

지그시 눈 감고
소리 들어 봐
마디마디 봄바람
소올솔 소올솔

연둣빛 고운 숨결에 젖어
싹트고 꽃이 필 거야
곧 새살이 돋을 거야

아픈 만큼
성숙해진다잖아
다시
꿈꾸는 세상이 오는 거야

별꽃 한 송이 웃음소리.

포장마차 1
― 늙은 소녀

누구도 잡을 수 없다

흔들리는 술잔 속
떨어져 가버린 날들
희미해진 그림자꼬리 밟으며
소설을 쓰는 때묻은 입술

바람과 함께 흩어진 모래성
갈비뼈 속 묻어두었던 문장들
구불거리는 구름길 따라
더듬는 끈끈한 발자국만
주름진 눈시울에 매달린다

바다로 가버린 강물은 다시 오지 못하는 것

손아귀에 잡혔던
새 한 마리
하늘 저 멀리 날아가버린다.

포장마차 2
　—둥지

휘익
새 한 마리 날아든다

등이 휘인 듯 꺾인 듯
한 모금 갈증
새벽길 열기 위한 준비인가

옹기종기
상처 난 것들
시린 몸 젖은 몸
불빛 속 말리려
동그랗게 모여드는 곳

아들 학자금 독촉장
주택 부금 이자
내 목 조이는 하루치 슬픔덩이
불길 속 던져 불태워 버리는, 여기

굽은 등 일으켜 세우고

허물어진 길을 일으켜

기우뚱
새 한 마리 허공을 차고
높이 날아오르는 걸 봐.

물푸레나무 여름나기

저 초록숲
여름밤을 뜨겁게 밝히고 있다

땅으로 날아내리는 초록별들
와글거리는 풀내음
살아 있기에
홀로 있지 않기 위해
내 몸 구석구석 솟아오른 작은 별들이
문을 열고 나가
먼저 손 내밀어 불을 지핀다

시작하려는 모든 것들
가슴 왼편에서 맥박치며
밖으로 풀무질하는 거친 숨결마다
내뿜어져 멀리멀리 날아가는 초록물결
서로의 무릎을 세워준다

혼자서 반짝이는 별은 없다
등을 밀고 소매를 잡아끌며 퍼져 나가

큰 울림으로 흔들릴수록
너와 나의 별들이 익어 간다

수많은 날개를 단 초록별들
바람을 가르며 떼 지어
큰 하늘길을 열며 간다.

멈춘다는 건

수많은 문을 지나치다
손짓하는 문 앞
멈칫

무늬만 그럴 듯
아무 문이나 들어설 수 없어
곁눈질로 눈 코 입
이마를 반쯤 들이민다

내 손등 위
네 손바닥 얹어
스르르 열리는 빗장

너와 나
귀를 여는 말랑말랑한 눈빛

동그란 햇살문
날아드는 하얀 나비
새 아침 푸르게 열고 있다.

터널

두려워 말라

힘껏 달려라

터널가슴은
불씨를 품고 있다

그 끝에는
반드시 빛이 있다

이마에 쏟아지는
눈부신 햇살.

밤송이

앗, 날카로운 가시
상처가 두려워
한여름 내 너를 멀리했다
네가 곁에 다가올 때면
검은 안경을 쓰고 가죽옷을 둘렀다
산고랑을 굴러오며
푸르름도 지쳐
갈빛이 되어버린 너
장갑 낀 손으로 조심스레 헤집고 말을 걸자
속이 꽉 찬 얼굴빛

알밤을 키워낸 건 가시였음을
상처는 디딤돌이 되어 우뚝 서게 함을

피어오르는 햇살 닮은 가시꽃
눈이 부시다.

매미가 우는 까닭은

살아 있는 것들엔 울림통이 있다

미루나무 우듬지에 올라앉아
지난날
알게 모르게
온몸에 덕지덕지 덧대어진 허물
두들겨 떨어뜨리지 않으면 숨쉴 수 없다

울림통을 두드린다는 건
깨달음을 향한 몸부림
어둠과 안개를 걷어내고
새로운 길을 찾아가는 것

심장을 열어 놓은 길
가장자리부터 녹아들어
내 젖은 가슴팍
새순 하나 돋아난다.

솔개

솔개의 부리는 새 날을 만들어 가는 길이다

지친 듯 허기진 듯
뭉툭한 바위에 부리를 비벼대는
굳어버린 솔개의 부리는
아성이 되어버린 낡은 성이다

헐어내어야 할 어둠에 싸인 껍질
나를 옥죄는 딱딱한 고정 관념이다
나를 넘어지게 하는
저건 바벨탑이다

아집의 껍질을 벗고
날아올라야지
쉼 없이 그 부리는 새 길을 만들기 위해
한밤중에
날을 갈고 또 세운다
온몸이 흠뻑 땀에 젖어 쌈싸우다 보면
너를 만나기까지 성을 돌고 돌다 보면

홀연히 허울을 벗어던진
알몸
그 깃털 아래
새하얀 실뿌리
눈부신 살결을 봐.

사용 설명서

부르면 언제든 달려오지
오늘은 너만을 위해 시간을 낸 거야

하고픈 말 다 들어 줄게
마주 앉아 바이올린 선율에 젖어들며
찻잔을 올렸다 내렸다
고운 눈웃음 오가도 좋아

하고픈 일 다 해 줄게
집 안을 정리할까
책을 읽어줄까
은행에 다녀올까
마트에 다녀올까
먹고픈 거 무엇이든 만들어 줄 수도 있어

모처럼 손잡고
보고픈 영화 한 편은 어떨까
강가를 따라 걸어보기라도 할까

가슴골 이랑에 붉은 형광펜으로
덧칠한 너
어찌 먼저 떠나보낼까
눈물은 내려오면서도
수저는 올라간다지

나를 밟고 일어설 수 있다면
온종일 내 등을 딛고 일어서 봐

어깻죽지에 양날개 달고
저 창공을 훨훨 날아오르렴.

십이월

돌아설 수 없는 길

모퉁이 돌아
골목길 빠져나와
흔들리는 차선 넘어
갈림길에 섰다

돌부리에 깨어진 내 무릎
미처 매달지 못한 한쪽 날갯죽지까지
잘려나간 꼬리에 붙들려 칭얼댄다

지금은
갈무리할 시간
책갈피에 끼워 둔
용서의 말 한마디

눈부신 새가 되어
푸른 숲길 찾아 날아오른다.

4부

그리움은 하얗다

골다공증

숭숭 구멍 뚫린 화석

허공만 바라보다
바짝 말라 털어낼
살점조차 없다
지친 듯 허기진 듯
퍼주고 퍼주고도 모자라
제 몸 스스로 깨뜨리는
울음계곡 따라
깊은 산골짝을 넘고 넘어
지금
그 산길 열며 열며
내려오는
깡마른 겨울밤하늘
하현달

이것이
내 어머니의 마음밭인 것을.

꽃

꽃이 피었을 땐 몰랐습니다

꽃이 지고 나서야

꽃이 눈에 들어옵니다.

그리움은 하얗다

창문을 열어젖히니
눈발이 날아든다

잡으려 했지만 바로
사라지는 너
울컥
솟구치는 눈물

늘 곁에서 맴돌지만
만져지지 않는
하얀 미소
소리쳐 불러도 대답 없는
너의 목소리

하늘 꼭대기까지
하얗게 하얗게
별꽃으로 날아오른다.

꽃잎에도 독이 있다

찰싹
손끝에 달라붙어 떨어질 줄 모르는
꽃잎 하나
공글리며 들여다본다

알 수가 없다
독이 된 그리움의 가시
허벅지에 등에
은빛 무늬로 물들어오는 물결

외마디도 악다구니도
떼 한번 써보지 못한
그것들이
안으로 안으로 길 찾아들어
시뻘건 침이 되어
온몸을 돌며 돌며 찔러대는

잘라도
잘려지지 않는

슬픔의 실뿌리를
어찌할 도리 없다.

눈사람

쏟아지는 눈 속을
걷고 또 걸었습니다

멈칫
그 집 앞
두근거리는 가슴
붉어지는 눈시울

불을 담은 눈사람
만들어 놓고 돌아섰습니다

꺾어진 꽃가지
눈가루 뿌리며 온몸에 스며듭니다

가슴속에 새겨진
하얀 꽃잎

지워지지 않는
문신이 되었습니다.

귀뚜라미

밤마다 울음 울던
별꽃으로 핀 그대 이름

그대 그리움에
그 울음소리
상수리나무 가지에 오르다
우듬지 끝에 올라

지금
그 피울음
별꽃으로 피어
온 세상을 눈부시게 빛낸다.

고슴도치길

너무 멀리 있잖아

조금만 앞으로 와
그래
그만큼만

너무 가까이 오면
서로
찔려 돌아설 수도 있어

한 걸음만
떨어져서 와

네가
내게로 오는
사랑길.

블랙커피

블랙커피는 오랜 기다림이다

네 마음 바알갛게 익기까지
향기가 되기까지
잘게 바스라져
가루가 되기까지
먼 길 돌아야 할 너는 꿈이다

하루의 일몰이 산마루에 걸려
깜박 산을 넘지 못하는 것은
참고 견뎌야 할
내일이 그 이유라는 것을

네 마음속 깊이 녹아들기까지
그러나 구부러진 그 길
돌고 돌아야 하는
설렘이 살아 있기 때문인 것을.

꽃잎에 이는 둥근 바람

꽃잎을 주워 입 속에서 공글린다

쌉사름하게
목에 탁 걸리는
너의 이름

닿지 않는 거리
나아가지도 물러서지도
머뭇머뭇

뒤돌아서는 못다한 그리움
피지 못한 풀씨
입 안에 맴돈다

가지 않은 길
밀어 올려지는 비명
꽃망울로 망울망울

선홍빛 둥근 바람
허공을 차고 오른다.

스마트폰

만지작만지작
오늘도 너를 놓을 줄 모른다

무얼 하고 있는지
어디 아픈 데는 없는지
밥은 꼭꼭 챙기는지
무어라 속삭이는지
잠시라도 안 보이면
안절부절
곁에 꼭 있어야

홀로사랑은 끝이 없다
아니 돌아설 줄 모르는 너의
착한 사랑 때문이지.

유효 기한

인삼 한 뿌리라 씌어 있는
병 두 개

날짜를 들여다보니
한참을 지나
먹을 수 없다

같이 먹으려다
잊어버려
헛웃음

사랑에도 유효 기한이 있다

허공으로 흩어지는
꽃잎.

손길

어깨 위
살포시 앉은 꽃잎

목으로 사르르
녹아내리는 솜사탕

몽글몽글 피어올라
부풀어 오르는 온몸

솜털구름 사이
햇살 타고 퍼지는 메아리

따스한 울림
서로가 서로를 물들여 가고 있다.

봄비가 흐른다

흐르는 것이 어찌 강물뿐이랴

몇 날을 지루하게 내리는 봄비
창가에 기대앉아 흔들리며 젖고 있다
유리창에 부딪히는 빗방울 속
긴 속눈썹 소년이 어룽거린다
뜻밖의 짧은 만남
잡은 손 뿌리치며 내달리던 너
비릿한 봄비내음 속에서 울먹이는데
자꾸만 뒤돌아보는 시간은
늘 목이 마르다

가슴속 별 하나
실핏줄 타고 온몸으로 흘러 퍼진다

저만치 먼 하늘에도 별이 흐른다.

은행잎 말씀

햇살 속 금빛 이파리

갈바람 타고
어깨 위로
살포시

뜨겁게 스며드는
꿀송이말씀
내가 너를 사랑하노라

뼈를 때리는
깊은 울림

너는 나를 사랑하느냐.

낮달을 보셨나요

너를 만날 수 있을까

바람에 실려 오는 너의 목소리
시리도록 푸르게 젖어
속눈썹 그렁그렁
삼백예순날을 몇 번이나 보냈던가

가을 햇살 속
한 점 구름에 가려
언뜻언뜻

푸른 하늘 뒤로
숨어버린 얼굴 하나

깊어진 내 눈
하얀 소국으로 흔들리고 있다.

전자레인지

식은 찻잔을 품는다

하나둘 셋
불을 지핀다
콩콩콩
뛰는 가슴

식은 사랑
살며시
두 손으로

가늘게 눈뜨는 찻잔
내뿜는 따스한 입김

깊어지는 사랑
둥글게 솟아오른다.

능소화 지던 날에

참 이상도 하지
왜 자꾸 눈물이 나는 거야
능소화 너를 보면

내가 붙들고 있는 이름
너를 불러주면
활짝 피는 꽃문
누군가 허리 감는
사랑짓
달이야 뜨건 지건
시들지 않을 줄 알았지

새벽이 오면
지워지는 별처럼
슬그머니 손목을 놓아버리곤
저 홀로 돌아서 가는
사랑은 물거품이다

아무에게 말 못하고

점점 야위어져

뚝뚝 떨어지는 너는

눈물이다

다시 타오르려는 불꽃의 눈물이다.

느티나무

멀고 먼
수많은 길

울아버지의
아버지의
아버지

걷고
또
걸어와

깊고 큰 그늘

아름드리 팔 벌려
푸르게 푸르게
풀어놓고 있다.

5부

풍경, 촘촘하다

새해 아침

선물 받은

한 권의 책

설렘 속 열어보는

첫 페이지

향 맑은 여백

머릿속 풍경

촘촘하다.

풀꽃

혼자 피었을 땐 몰랐네

저만치 흐드러지게
환하다

함께 끌어안고
봄빛 부르는
저 함성소리

하늘에 별 하나
쏘아 올리고 있다.

그럼에도 불구하고

아스팔트에 납작
엎드려 핀 풀꽃

쏟아지는 태양
눈 비 바람
내달리는 자동차
팔다리 펴지 못해도

불을 품고
묵묵히
제자리를 지키는

살아낸다는 건
그럼에도 불구하고
일어서는 것

당당히 자리 잡은 풀꽃
아침 햇살 속
반짝
날카롭다.

개나리

앞으로 나란히
나란히
하나 둘
서툰 발걸음
셋 넷
돌계단 깡충깡충
풀빛 교실로

탱탱한 눈망울
여린 손 주먹 쥐고
시작이 희망이다

눈부신 햇살
거리마다 부풀어 오르는
노란 팝콘
입에 문 병아리 떼
줄지어 줄지어 날아오른다.

봄을 보다

개나리꽃이 빛을 발하고 있다

꽃잎 속에 있는 봄
너를 가지고 싶어
휴대폰에 들였다

꽃등을 켜면
반짝이는 햇발 따라
노란 꽃이파리들이 뜨겁게
부풀어 오른다

볼수록 새로운 봄
봄은 보는 것에서부터 시작된다

아침에 눈을 뜨면
또 다른 봄
하르르하르르
몸 풀며 흐르고 있다.

이팝나무꽃을 먹다

세상이 온통 환하다

윤기 자르르
모락모락

갓 지은 밥
잘 익은 김치 얹어
게눈 감추듯

툇마루에 동그랗게 앉은 햇살
순간
손으로 눈으로
물들여지는 색색의 꽃잎
고봉으로 퍼담는다

밥 한 그릇 속에 핀
이팝나무꽃
달콤해지는 봄날.

목련

폭소가 터졌다
참다 참다 터진 웃음이 바람이 되어
앞집 담장을 넘어 풍선이 되어 사방으로 퍼져 간다
목젖이 보이도록 까르르 까르르
뒷집 담 너머 날아가는 웃음소리

애굽이 돌아돌아 내 웃음꽃이
살풀이춤을 추며
또 다른 웃음이 웃음을 허공으로 밀어 올린다
문득
황홀함에 나뭇가지에 걸터앉은
마음자락 하나 데불고 하늘귀퉁이에 선다

나는 푸른별이 되어
눈부셔라 눈부셔라
눈을 감는다.

노오란 보살꽃

시들시들 말라죽은 국화꽃

모락모락 찻잔 속
구부러진 등
오그라든 손과 발
조심스레 펼쳐가며
천천히 천천히 기지개 켠다

눈꼬리 입꼬리 귀에 걸치고
또 다른 세상 향해
꽃내음 포올폴

다시 태어나는 노오란 보살꽃.

3월은 외침이다

가로수 나뭇가지마다
뾰족뾰족 연둣빛 입술

관절 마디마디
힘껏 밀어 올려
쿵쿵 내딛으며
춤추고 부르는
생명의 노래

온누리 꽃무더기로
눈 시린 새날 만들어가는
왁자지껄 씨알의 소리

3월은
초록 하늘길 여는
우주의 연둣빛 외침이다.

아침

1.

오늘도 내일도 / 찾아오는 / 한 줌의 / 햇살

2.

힘을 주는 / 종소리 / 새로운 일이 / 일어날 것이라는

3.

목마른 나뭇가지에 / 수혈하는 / 마르지 않는 / 샘물

4.

살아 있다는 / 내일을 향한 / 선물

가을숲에 들다

돌아설 수 없다

울긋불긋 잎새들
성
큼
성
큼
내게 걸어 들어온다

목까지 차오른 속울음
아슴한 그리움이 높새바람으로
가슴 밑바닥까지 스며드는 물길
밤새 온몸을 돌고 돈다

책갈피에 묻어둔
붉디붉은 잎새 하나

가을숲
마르지 않는 눈물빛
나를 품어 안는다.

작고 소중한

화단 앞 가장자리
나지막이 앉은 채송화

누구든
무릎을 꿇어야
허리를 굽혀야
보고 듣게 만드는 건

있는 듯 없는 듯
자신을
낮출 줄 알기 때문인 게야

가장 소중한 건
눈에 띄는 큰 것보다
잘 보이지 않는 작은 것이지.

은행나무

물결치는 알전구들을 봐
저건 뉘우침의 피울음이다
깊은 가슴골 마음불 밝혀 들고
어둔 밤길을 열어가는 불꽃
거센 태풍에 깎여지고 닳아져
굽은 등뼈마다 제 속 알열매 매달기 위해
바위땅을 할퀴며 기어가야 하는 것

낮게 더 낮게 엎드릴수록
제 마음 더 환히 보이는 것을
튼실한 마음 하나 매달기 위해
너는
뉘우침의 강물을 건너 내게 걸어오는가.

보름달

오늘
온 땅을 밝힌다

이 밤 맘껏 누려라

내일은 어제를 그리워하리라

활짝 핀 꽃
시간이 지나면 떨어지는 것

삶은 한순간인 것을.

가을산, 번지다

저어기,
가을산이 수상하다

노오랗게 질린 입술
삐죽삐죽 수군수군
이마에 붉은 띠 두르고
펄럭이며 산꼭대기까지 올라
쿵 쿵 떡방아 찧는 소리

자근자근 씹고 깨물고 맛보다
낄낄대며 손가락질
꼬리에 꼬리를 무는
저 구수한 헛소문
바람벽을 타고 날아오르다
하얀 첨탑에 부딪히면 맛조차 사라지는

번진다
온통 산을 뒤집어놓을 듯.

겨울나무

거친 눈비바람
쓴뿌리 곱씹으며
버티며 서 있다

온몸 구석구석
입김 불어 넣어
혈맥을 일으킨다

반드시 이겨내리라며
시간을 닦는다

산다는 건 버티어내는 것

하늘을 덮는 무성한 이파리
나로서 꽃피우는
그 날을 꿈꾼다.

달맞이꽃

저 가지 끝 좀 봐
발돋음하고 손 뻗는 노오란 꽃술

지평선 너머 날아간
하현달 붙잡으려
한밤내 헤매다
그만
무거워진 하늘 무게에
털썩

꽃 진 자리에 고인 눈물
명치 끝에 걸려
툭 툭
혈관을 터트린다

밤 가고 낮은 오는 것

나는 종일 달 따라가다
하현달 되어
허공길을 맨발로 걷는다.

조금은 느긋한
호흡으로

임 지 훈
(문학평론가)

조금은 느긋한 호흡으로

임 지 훈 (문학평론가)

1. '나'로부터, '나'에게로

'나'. 가만히 바라보고 있자면 이상한 기분이 드는 단어. 자신을 지칭하는 말이면서, 자신과는 아무런 관련 없이 놓이기도 하는 단어. 자기의식의 자명성에 대한 철학적인 의심을 하자는 말은 아니다. 단지, '나'라는 단어가 가끔은 생경해지는 날이 있기도 하다는 이야기일 뿐이다. 어쩌면 우리는 자기 자신과, 자신이라 믿는 어떤 것과, 남들이 '나'라고 생각하는 3개의 이미지 사이를 오가며 살아가는 건지도 모르겠다. 온몸을 부대끼며 살아가는 '나'와, 그런 내가 생각하는 '나'의 이미지, 그리고 사람들이 생각하는 '나'의 이미지는 얼핏 같은 것으로 오인되기 쉽지만 사실 전혀 다른 '나'의 판본들이다. 우리는 종종 실제의 '나'와 내가 바라는 '나'를 착각하기도 하고, 타인이 바라보는 '나'와 자신의 모습 사이에서 길을 잃고 헤매기도 한다. 물론 당연한 이야기이겠지만, 그렇다고 이 셋을 명징하게 분리해 내어 살아갈 수도 없다.

그러니 '나'라는 생물은 이상하다. 종종 우리는 자신의 안에 '나'보다 더한 '나'가 있는 것 같은 경험을 하기도 한다. 주체할 수 없는 '화', 혹은 슬픔에 대한 이야기만은 아니다. 오히려 비유하자면 충동적인 선택들과 결정들에 대한 이야기에 가깝겠다. 종종 나의 의지로 제어할 수 없는 나의 말과 행동에 우리는 타인을 상처 입히곤 한다. 그리고 그 과정에서 상처는 '나'에게도 돌아오기도 한다. 이해할 수 없는 자신의 말과 행동들. 마치 내 자신이 아닌 '나'가 내 마음 속 어딘가에 도사리고 있는 것 같은 느낌. 그래서 '나'라는 생물로 살아간다는 건, 종종 '나'와 내가 아닌 다른 '나'의 공생인 것처럼 느껴지기도 한다. 그러니 이런 생각이 드는 것도 타당할 것이다. 어쩌면 산다는 건 오롯이 '나'로서, '나'에 의해서 살아가는 것이 아니라고. 오히려 '나'를 견디고, '나'를 제어하고, '나'를 받아들이며 살아가는 것이라고. 그렇게 말하고 보니 산다는 건, '나'가 '나'라는 반려자와 함께 살아가는 일인 것은 아닌지 그런 생각이 든다. 나보다 나 자신의 욕망을 더 잘 이해하고, 나의 슬픔과 상처에 더 민감하게 반응하는 '나'보다 더한 '나'와 함께 말이다.

2. 가장 보통의, 그렇기에 특별한 말

정여울의 시집 『쉼표』는 시집의 이름처럼 우리가 살아가며 느끼는 희로애락의 순간들로부터 잠시 한 걸음 물러설 것을 제안하는 시집이다. 나와는 다른 속도로 계속해서 흘

러가는 사회 속에서 우리는 자주 자신을 잃는다. 도저히 감당할 수 없는 변화의 속도에 자신의 보폭을 잃어버리기도 하고, 때로는 소중한 것이 무엇이었는지 잊어버리기도 하며, 그러다 문득 걸음을 멈추곤 알 수 없는 슬픔에 사로잡히기도 하는 것이다. 이 모든 순간들 속에서 정여울의 시적 화자는 다음과 같이 제안한다. "내 안의 소리를" 모으고, "입안을 뒹구는 외침"을 거두어, 그 모든 "소리의 씨앗들"이 스스로 발화할 수 있도록 기다리자는 것(「혼잣말」).

독특한 것은 이와 같은 제안들이 명확한 타자를 설정하고 있지 않다는 것이다. 때로 그의 화자는 어떤 특정한 대상을 향해 말하는 것처럼 보이기도 하지만, 대개의 경우 이와 같은 제안들은 타인에게 가닿고자 하는 목적성보다 발화 그 자체에 목적을 띤 것처럼 보이기도 한다. 마치, 내가 스스로 살며 경험한 것들에 대해, '나' 자신에게 잊지 말자고 다짐하는 것 같은 소박함이랄까. 그래서 이 시편들은 한편으로 메모 같으면서도, 자신에게 쓴 편지처럼 소담한 매력을 지니고 있다. 정여울의 시적 화자가 전달하는 이야기들이 명징하면서도, 어떤 가느다란 애틋함을 유지하는 까닭은 이처럼 시에 담긴 경험적인 측면과 그것을 자신에게 말하듯 조심스레 적어둔 흔적들 때문일 것이다.

한밤 내내 울며불며
차디찬 거리를 서성이는 낙엽

어스름 달빛 밟아

하늘을 오르며

굳은 마음껍질 벗기란

파열음으로 온몸 찢긴다

하루살이 벌레보다

짧은 내 삶의 거듭나기

이 한 계절의 내 숙제인 것을

미움, 이기심 모두 내려놓고

낮은 자리

더 낮은 자리 찾아 나선다.

　　　　　　　　　　—「일탈을 꿈꾸며」 전문

　시적 화자는 '낙엽'을 바라보며 그것의 처지에 자신을 투영한다. 객관적 상관물인 저 낙엽은 가을바람에 휘날리며 밤의 어디에도 정착하지 못한 채 이곳저곳을 외로이 날아다닌다. 짐짓 내면에 존재하는 인간의 외로움으로부터 발원하는 슬픔과 상실의 정서가 투영될 법한 이 자리에서, 정여울의 시적 화자는 조금 다른 노선을 도정한다. 자신이 경험한 슬픔이나 상실에 대한 이야기를 하는 대신, 그와 같은 장면을 다르게 바라보고자 자신의 시선을 도정하는 것이다. 때문에 그와 같은 시선의 도정 속에서 사물 또한 통상적인 서정적 이미지로부터 벗어날 수 있게 된다. 이제 낙엽은 달빛 아래 스스로의 오랜 껍질을 벗고 다시 태어나는 창조의 이미지로 발돋움할 수 있게 된다. 그 속에서 낙엽이 바람에 날리며 찢어지고 흩어지는 형상은 슬픔에 대한 메타포로 작동하는 것이 아니라 화자의 내면에 묵은 마음껍질을 벗기는 과정에 대한 상관물로서, 순환하는 생의 탄력으로 재탄생하게 되는 것이다.

그렇기에 화자는 그와 같은 낙엽의 모습을 바라보며 다시 자신에게도 이야기를 돌린다. "하루살이 벌레보다 / 짧은 내 삶의 거듭나기 / 이 한 계절의 내 숙제인 것을 // 미움, 이기심 모두 내려놓고 / 낮은 자리 / 더 낮은 자리 찾아나선다." 이처럼 아주 흔하기에 좀처럼 일상 속에서 가시화되지 못하고 포착되지 못하는 이미지가 정여울이라는 시적 화자의 감각 속에서 순환과 창조의 이미지로 재탄생하고, 그것으로부터 자신의 내면에 대한 도정으로 거듭나는 과정은 읽는 이의 예상을 가뿐히 벗어난다는 점에서 독해의 재미를 제공한다. 그리고 이와 같은 격언이 어떤 타인을 향하는 것이 아니라 시적 화자 자신을 향해 있다는 점에서, 우리는 그가 전달하고자 하는 메시지를 어떤 거부감이나 저항을 거쳐 받아들이는 것이 아니라 '나라면 어떨까'라고 자신을 대입해 보는 방식을 통해 무리 없이 받아들일 수 있게 된다.

저건 장애물이다

흔들리지 말고
멈추지 말고
거침없이
뛰어넘어야 할 강물

온몸 옥죄고 있는
철벽의 바리케이트
늘 밑줄긋기만으로
덧칠해 놓은 굳은살
켜켜이 밀고 밀어
둘둘 말아
바람 속으로
휘익

돌아보니
자유롭지 못한
바코드에 갇혀
제자리에서만
동동

옷소매 걷어붙이고
심호흡 크게 내뿜는
뜨거운 하늘길.

　　　　　　　　　　—「횡단 보도 앞에 서서」 전문

하지만 정여울의 시적 화자라고 해서, 어떤 생의 괴로움이나 고난을 감각하지 못하는 것은 아니다. "저건 장애물이다 // 흔들리지 말고 / 멈추지 말고 / 거침없이 / 뛰어넘어야 할 강물"이라는 표현처럼, 그의 시적 화자 역시 자신의 생애 속에서 무수한 장애물을 만나고 그것에 지레 겁을 먹어 절룩거리는 걸음으로 생을 살아간다. 예컨대 그러한 의미에서, 정여울의 시적 화자란 오랜 수련을 통해 깨달음을 얻은 비일상적인 인물이나 종교적 귀인이 아니라 우리가 일상 속에서 마주하는 평범한 인간의 모습에 가깝다.

하지만 그와 같은 일상성이 있기에, 오히려 메시지는 전달력을 갖추게 된다. 예컨대, 어떤 고난이나 괴로움으로부터 탈각한 인물의 이야기가 아니라 여전히 고통 속에 신음하고 자신의 인생 굴곡에 좌절하는 '나'와 동일한 인간이 스스로를 감내하고 견디고 버티면서 끝내 한 걸음을 떼어놓을 때, 우리는 더욱 그 인간의 이야기에 귀를 기울이게 되는 것이다. 위의 「횡단 보도 앞에 서서」라는 시에서 전달하고자 하는 메시지가 우리의 내면에 어떤 울림을 선사하는 것은, 그것이 오랜 수련을 거친 노승이나 깨달음을 얻은 현자의 지혜가 아닌, '나'와 같은 시공간 속에서 살아가는 보통의 인간이 전달하는 메시지이기 때문이라는 역설이 존재하는 것이다.

한밤중

134

한걸음 뒤에서

뭉텅뭉텅

살점 베어 물곤

헝클어진 머리 풀어 헤치고

등짝을 후려치는

검푸른 밀물.

—「후회」 전문

　물론 시적 화자는 「후회」라는 시에서 밝히고 있듯 과거
의 일로 인한 괴로움에 현재를 살아가는 일에 큰 어려움을
느끼기도 한다. 그것은 시에서 밝히고 있는 표현에서처럼,
마치 자신의 현재가 과거에 의해 깨물리는 것 같은, 그리하
여 현재가 과거에 의해 스스로의 살점이 뜯겨나가는 것과
같은 감각이다. 사실 우리는 이와 같은 감각을 아주 익숙하
게 알고 있다. 당장 얼마 전 누군가와 대화를 나누며 한 말
실수에서도 우리는 비슷한 감각을 느낄 수 있고, 고인이 된
누군가에게 자신이 저지른 실수로 인해 수없는 밤을 괴로
워하기도 한다. 예컨대 지금 화자가 말하고 있는 감각으로
서의 '후회'란 특수하고 한정된 상황에 놓인 화자의 과거에
존재하는 '사건'에 대한 것이 아니라, 그러한 사건으로부터

발원하는 보편적 감정으로서의 '후회'에 대해 이야기하고 있는 것이다. 우리는 모든 인간이 후회를 하며 살아간다는 것을 알면서도 마치 이것이 온전히 '나'만의 특수한 상황일지 모른다는 함정에 빠져 자신의 현재를 베어 먹히며 살아가기도 한다.

3. 정서의 동력학과 생의 궤적

이러한 지점에서 중요한 것은 정여울의 시적 화자가 우리를 비롯한 무수한 보편적인 사람들과 마찬가지로 후회에 사로잡혀 살아가는 인간이면서, 그러한 후회를 부정하거나 그로부터 도망가기 위해 애쓰는 것이 아니라, 후회에 사로잡힌 그 자리로부터 자신의 현실을 다시금 축조하기 위해 한 마디, 한 마디, 자신의 마음을 다시금 추스르며 감정으로부터 추인된 에너지를 다른 방식으로 활용할 수 있도록 전환한다는 점이 아닐까 싶다.

이럴 수가!

뒤통수 빡치게 맞았다
아찔하다
터질 듯한 심장
화끈거리는 얼굴

바르르 떨리는 실눈

휘청이는 아슴한 불빛

잡아야 산다

머리 들고

큰 숨 내쉬며

움켜쥔 하늘

분노는 에너지

더 단단해져야

비 온 뒤의 땅이 더 굳다

힘껏 페달을 밟는다.

—「절박한 분노」 전문

위의 시에서 화자는 자신의 일상에서 벌어진 예상외의 사건과 그로부터 발원하는 내면의 감정적 변화에 대해 묘사하고 있다. 여기에서도 화자는 그 사건의 구체성을 밝히는 대신 이러한 사건으로부터 발생하는 감정적 변화를 보편적인 관점에서 묘사함으로써 읽는 이가 자신의 상황을 투영하기 용이하도록 이끌고 있다. 이때 화자는 발생한 사건으로부터 추인된 내면의 감정적인 에너지에 사로잡혀 분노를 표출하는 것이 아니라, 자신의 내면에 다른 형태로 담아두고자 노력하며, 그로부터 생의 에너지를 발견하고자 시도한다. 이처럼 정여울의 화자는 우리와 유사한 보편적인 인간으로서 생을 살아가며, 우리와 유사한 감정, 유사한 감각을 공유한다. 그러나 그 순간 속에서 화자는 자신이 처한 비극적 현실이나 그로부터 추인되는 감정에 완전히 사로잡혀 자신의 내면으로 숨어드는 것이 아니라 그것을 다시 바깥으로 내딛기 위한 에너지로 바꿔낸다는 점에 특징이 있다. 그리고 이 말을 특정한 타인을 향해 발화하는 것이 아니라 자신을 향해 있다는 점에서, 이는 마치 '나' 자신이 '나' 자신을 길들이고 타이르는 듯한 다정함 또한 묻어나게 되는 것이다.

사실 우리는 모두 이미 알고 있다. 우리가 하는 말과 행동이 타인에게 어떤 영향을 미칠 것인지, 혹은 우리가 앞으로 생을 살아감에 있어 어떤 태도와 마음을 고수하는 것이 스스로에게 더 나은 방향인 것인지에 대해서 우리는 이미 알고 있다. 하지만 그럼에도 우리는 특정한 사건이나 특정한 타인, 혹은 그로부터 추인되는 내면의 감정에 사로잡혀 올바른 선택을 하지 못한다. 감정은 불길과 같아서 우리를 내맡기는 순간 아름답게 타오르는 속성이 있기에, 우리는 그것에 스스로를 맡김으로써 분노 속의 평안과 같은 잘못된 마음에 스스로를 태우곤 한다. 그 순간 한 걸음을 멈추는 것, 그리하여 그 에너지의 방향을 전환시키는 것, 이것이 바로 정여울의 시적 화자가 내내도록 말하고자 하는 바가 아닐까 싶다. 그리고 여기에서 중요한 것은 그것을 타인을 향해 종용하듯 말하는 것이 아니라, 마치 자신이 자신을 가꾸고 돌보며 키워가듯 스스로를 향해 말한다는 사실이다.

내 살을 물고 놓지 않는다

끌어올린 태양
통째로 짊어지고
거친 호흡으로 일어서는
저 뿌리

끝없이 꿈틀거리며
산자락 타고
뜨거운 입김으로
점점 부풀어 오른다

밝음의 한가운데 선 불꽃
막을 수 없는
깊은 열정은 고통을 넘어선다

누구도 대신할 수 없는
남몰래 키워 온
이 붉은 힘

수많은 별을 향해
속붉은 활시위 직선을 그으며 날아간다.

—「철쭉의 뿌리」전문

때로 우리가 살아가면서 경험하는 사건들은 우리의 삶을 완전히 삼켜버릴 듯 그 커다란 아가리를 벌리곤 한다. 그리고 그로부터 추인되는 감정은 우리의 삶을 완전히 뒤바꿔 놓기도 한다. 여기에 대해 정여울이라는 시인이 스스로를 향해 제안하는 것은, 그러한 감정을 부정하거나 그로부터 달아나려 하는 대신, 그것을 하나의 에너지로서 다시금 사유해 보자는 것이다. 물론 이것은 결코 쉽지 않다. 그것은 그 자체로 감정의 소유자에게 일정한 통증을 계속해서 야기하기 때문이다. 그럼에도 우리가 그러한 에너지의 전환을 사유하고 시도하고 행해야 하는 까닭은, 그러한 인생이 온전히 '나' 자신의 것이며, 동시에 그러한 인생이 타인에게 영향력을 행사할 수 있기 때문이다. 그렇기에 화자는 "깊은 열정은 고통을 넘어선다"라고 스스로에게 타이르듯 말하며, 그러한 감정의 소요를 에너지의 형태로 뒤바꿔 사유한다. "누구도 대신할 수 없는 / 남몰래 키워 온 / 이 붉은 힘"이란, 그가 살며 경험한 고통을 모두어 만들어 낸 생의 동력이기도 한 셈이다. "수많은 별을 향해 / 속붉은 활시위 직선을 그으며 날아간다"는 표현처럼 시적 화자의 생이 일정한 궤적을 그리며 목표를 향해 나아갈 수 있는 까닭에는 이와 같은 감정의 동력학이 숨어 있는 셈이다.

해와 달과 별들이 노래하는 뜰

연못 속 수련

어깨를 두드리며

물장구치는

고흐의 해바라기 피는 마을

둘러앉은 식탁 위

오순도순 도란도란

흐드러진 꽃가루로 색칠하는

한 폭의 수채화

팽팽한 팔찌 목걸이 풀고

색색등불

몸과 몸 내어주어

천지간 벙글어지는 라일락꽃길

둥그렇게 환한 뜰 안

손과 손이 은빛 건반 위로

화음을 이루는 작은 우주.

　　　　　　　　　　—「가족교향곡」 전문

　그리고 중요한 것은, 이와 같은 감정의 소요 사태가 무한
정 지속되지는 않는다는 것이다. 때로 이와 같은 감정의 소
요는 생의 다른 사건들 앞에서 자신의 힘을 잃거나 속성을
바꾸기도 한다. 무한정 지속되는 고통이란 없으며, 때로 감
당할 수 없을 거라 여겨졌던 사건 혹은 감정조차도 단지 한
걸음 뒤로 물러나는 것만으로도 세계는 그 모습을 완전히
탈바꿈하곤 한다. 마치 앞서의 시에서 떨어지는 '낙엽'이 생
의 무상함이나 외로움, 혹은 슬픔을 표상하는 보편적인 서
정적 이미지로부터 탈바꿈하여 생의 순환과 창조의 순간

에 대한 이미지로 전환되었던 것처럼, 한없이 타오르던 세계조차도, '나'의 한 번의 호흡으로 무한정 그 모습을 바꾸기도 하는 것이다. 그 속에서 세계는 사물과 사물이 서로에게 몸을 내어주며 안온한 정서를 서로를 향해 나눠주는 평온한 우주로 재탄생한다. 다른 시편들에서 간혹 등장하던 슬픔과 고통의 풍경은 이러한 풍경과 완전히 다른 것이 아니라, 화자가 한 번 숨을 고르는 일만으로도 전환될 수 있는 외면의 풍경이었던 셈이다.

잠깐
하늘을 봐

조금은 느긋한 호흡으로

안으로 깊이 들이쉬고
밖으로 천천히 내쉬고

스치는 바람이 속삭이는 말
이 또한 지나가리라

느린 호흡은 쉼이야
선물인 거야.

——「쉼표」 전문

시집의 표제작이기도 한 위의 시에는 정여울이라는 시인이 자신을 향해, 그리하여 이 시집을 읽는 사람들에게 전달하고자 하는 메시지가 잘 드러난다. 세계는 객관적인 실체로서 존재하며, 우리는 동일한 세계 속을 살아가고 있다. 하지만 그러한 세계는 살아가는 한 사람 한 사람의 감정과 감각 그리고 관점에 따라 서로 다른 세계로 분화하고 굴절된다. 같은 세계 속의 같은 풍경이라 할지라도, 우리가 어떤 마음으로 바라보느냐에 따라 세계는 그 모습을 바꾼다. 누군가의 눈에는 실연과 상처, 상실과 우울, 분노와 애증으로 점철된 세계가, 다른 누군가의 눈에는 "스치는 바람이" 말을 속삭이며, 별빛이 하늘을 밝게 가로지르는 다른 에너지로 가득한 세계로 비춰지기도 하는 것이다. 그리고 이것은 같은 한 사람의 눈과 내면에서도 일어나는 차이이기도 하다. 짐짓 다른 사건과 감정에 휘말려 스스로를 잃어버렸을 때 비쳐지는 세계의 풍경과 자신의 마음을 가다듬으려 애쓰며 숨을 크게 내쉰 후에 바라본 풍경은 같은 것임에도 그 의미가 완전히 달라지게 된다. 그렇기에 정여울 시인은 거듭 스스로를 향해서, 그리하여 이 시집을 손에 든 독자를 향해 다음과 같이 말한다. "느린 호흡은 쉼이야 / 선물인 거야"라고. 누구든 할 수 있으나 그렇기에 자주 잊어버리곤 하는 생의 지혜를 그는 이렇게 스스로에게 쓰는 편지처럼 우리에게 전달한다.